막내, 황녀님

막내 황녀님

6

악어스튜디오 × 돌대 만화

헬라드.

말해.
나 바빠.

하.

단순한 자식.

아르커스는 조용해. 사냥 대회에 참여한 것치고는 영 의욕이 없어 보여.

하크만은 그 명예에 흠결이 가지 않을 수준으로만 사냥할 듯하고.

잠깐 활 내려놔도 네가 우승하는 건 무리 없어.

...무슨 일인데.

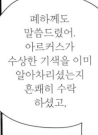

폐하께도 말씀드렸어. 아르커스가 수상한 기색을 이미 알아차리셨는지 흔쾌히 수락하셨고,

필요하다면 직접 검을 뽑으시겠다는 말까지 하셨어. 쿠테른 보조계 마법사들이 대기할 거야.

다행이네. 폐하는 보조 없이도 마법을 무력화할 수도 있으시니.

마법 싸움으로 가면 우리가 무조건 불리하잖아?

그건 그렇지…

너는 안 돼?

뭘?

검으로 마법을 파훼하는 거.

…

야! 나도 할 수 있어!!

발끈

물론 폐하만큼은 아니고… 그보단 좀 못하지만…!

그럼 너도 약간은 쓸모가 있겠네.

피식

아오… 저게.

부디 선물받은 걸 쓸 일이 없었으면 좋겠는데 말이지…

심심하진 않고?

쌍둥이들…
지금쯤 엄청
열 내고 있겠지.

내가
시상한다고 하니까
눈빛이 완전히
달라지던데.

키득.

오랜만에
아빠랑 이러고
있어서 좋아요.

사냥 대회
끝나면 같이
소풍이라도
가지.

슥

회의 다녀오마.
잠깐 기다리고
있거라.

네~

이걸 사용하면 대법사 시절의 마법을
하나 정도는 전개할 수 있을 거야.

하지만 그렇게 되면
결국 내가 대법사라는 걸
모두에게 들키겠지.

툭.

스윽

인간을
죽이는 것도
아니고.

안 갈 거면
내가 나간다.

너는 나중에
좀 치대자, 응?
너 아니어도
머리 아파 죽…

조심해.

도움이 필요하면
언제든지 말하고…
알았지?

무언가를
알고 있는 게
분명해.

사냥터에서
용맹하게 활약해준
모든 귀빈들에게
감사를 표하오.

책봉식의
마지막 행사인
만큼…

와… 정말
대단하네요.

홀로 수레
다섯을 가득
메우다니…

사냥감 상태를
제가 봤는데
전부 일격 필살
이더군요.

지금부터
시상을
하겠소.

제국의 셋째 별이
수상자에게
황금 사자 동상을
수여할 것이오.

우승자는—

저벅

저벅

웅성

웅성

…!

올 것이
왔구나.

...아르커스의
마법사들께서
사냥의 흥취에 젖어
사리분별을 못 하는
모양이오.

아르커스는
히페리온에게
돌려받아야 할 것이
있습니다.

그것이
무엇이든 간에,
이딴 식으로 요구하는 건
히페리온을 무시하는
처사로밖에
생각되지 않소만.

반드시 모두가
보고 듣는 자리에서
말해야 하기
때문입니다.

...

들으라!

히페리온의
세 번째 별은
아르커스의
대법사이니.

아르커스는 그녀를
본래 있어야 할 자리로
되돌려 보낼 것이다.

이제 돌아가야
할 때입니다.

츄츕..

아···

기껏해야
남들 몰래 다시
납치라도 할 줄 알았는데
이런 짓을 벌이다니…!

내가 너무
안일했어…

부들

부들

몸에 힘이
들어가지 않아.

사
아
아

새장이 내 마력을 흡수하고 있어.

대역죄인을 가둘 때나 쓰던 마법을…

아르커스의 역사를 통틀어서 몇 번 쓰인 적 없었는데

기어코 나를 이런 식으로 가두는구나.

미친놈들…

대법사…

뭐 하는 짓이야!

벨루안이 미친 짓을 하면 너라도 막았어야지…!

…싫어요.

녹시타!!

…

대법사가
영영 아르커스에
돌아오지 않는 것보단
미움받는 게 나아요.

너무
화가 나서
날 죽이고
싶어져도
괜찮아요.

꾸-악

어차피
죽을 거였는데…

대법사가 나를
살렸잖아요.

내게
새로운 목숨을
줬으니

펄럭

짜아아

…!

…이대로 가다간 영영 천공섬에서 돌아오지 못하게 될 거야.

딱 한 번 시전할 수 있습니다. 아시겠습니까?

저에겐 한참 걸리는 마법인지라…

슥..

델이 걸어준 마법을 여기서 쓰게 될 줄이야…

내가 주문한 대로 넣어둔 거 맞지?

네, 맞습니다.

웬만하면 사용하는 일이 없었으면 좋겠 습니다만…

델 하르인이
사냥 대회 직전에야
완성한 방어 마법.

마법의 핵심은
시전자를 구속하는
모든 것을 파괴할 것.

그리고…

떨어진다…!

끄덕

척

쏘아라.

아르커스의
마법사에게
평범한 제어구는
무용지물이겠지만,

아르커스에서
만든 제어구라면,

너희들도
빠져나오기
힘들겠지?

이대로
물러선다면 좋겠지만…
쉽게 당하고만 있을
애들이 아니야.

이 정도의 인원이면
위력이 큰 마법도
쉽게 사용할 터.

탓!

대법사!!!

사
아
아

...

아무리 도망쳐도
소용없습니다.

당신을
되찾기 위해선
죽음조차 마다하지
않을 것이니.

젠장,
우리도 반으로
나눠!!

폐하!

로시엘,
네가
쫓아라.

어르신…

잡히면 우린 최소 사형이에요…

걱정 말게.

최소한 황녀님 모습을 하고 있는 동안엔 목 날아갈 일 없을 것일세.

진짭니까…?

황녀님이라면 그림자도 아끼시는 분들이네.

아무리 가짜라도 같은 얼굴을 한 이를 험하게 다루시진 않겠지.

하지만 이제 대법사라는 걸 들켰는데…

아직도 황녀님을 가족으로 여기실까요?

그리고 제발
입 좀 다물게.

사역마…

크르르

이 정도 왔으면
황녀님과도
충분히 거리가
멀어졌을 터…

최대한 들키지 않고
시간을 벌어야…

펄럭

타

두

둥

닥쳐.

황태자…

과거에
대법사였건
나발이건,
지금은 히페리온의
세 번째 별이다.

하등
쓸모없는 소리를
지껄이시는 이유가
무엇입니까.

내 동생
탐내지 말라는
소리다.

하…!

히페리온이
언제부터 그렇게
가족에게
절절했답니까?

공격이 들어와도
맞받아쳐선 안 돼.

그 순간
붙잡힐 거야.
무조건 도망쳐.

예.

대법사,
멈춰요…!

멈춰라.

아르커스의
우법사.

다
각

로시엘
오라버니…

사각.

핵

좋지 않은
모습을 보일 수도
있으니 잠시 어디
숨어 있기라도
하렴.

일단 황자님께
맡기는 것이
좋겠습니다.

대법사…!

!

까득.

…

...잠깐 정도는
여유가 있을 것
같습니다.

상처 보여줘.
응급처치라도
하자.

저는
괜찮습…

…

화,
황녀님…?

웃…

…불편해…
보이셔서.

…아르커스의…

대법사
이셨습니까.

…

지금의 난…

히페리온의 막내 황녀일까, 아르커스의 대법사일까.

미안…

진작 얘기해 줬어야 했는데, 나도 말하기 쉬운 일은 아니었어.

…이제 어찌하실 겁니까?

혹시…

히페리온을 떠나시는 겁니까?

…그건…

저도 데려가 주십시오.

아르커스로 가시든, 제국을 떠나시든 수발을 들고 호위를 설 사람이 필요할 겁니다.

저는 용병 일을 해봤으니 세상 돌아가는 물정도 잘 알고,

집안일이나 궂은일에도 익숙합니다.

분명 황녀님께 여러모로 도움이 될 겁니다.

그리고 또···

카힐.

맬사

처음 만났을 때부터 생각했지만…

…

쓰읍..

넌 좌우법사와 참 많이 닮은 것 같아.

슥

이런 것까지 닮을 필요는 없는데…

너를 버리는 게 아니라…

아직 나도 몰라서 그래.

쓰담..

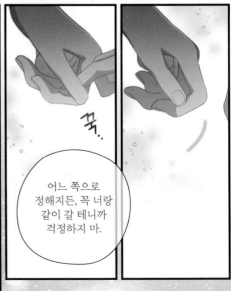

꾹..

어느 쪽으로 정해지든, 꼭 너랑 같이 갈 테니까 걱정하지 마.

더 이상
방법이 없어.

이걸 사용하는
수밖에…

사실은 지금도 피하고 싶다.

황족들 앞에서
대법사의 상징과도 같은
마법을 쓰는 것도,

이 기운은!

황녀님.
제 뒤로
와주십시오.

대체 저건…

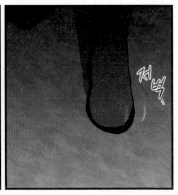

황녀님!!

…?!

녹시타.

로시엘 황자를
어찌하였지?

대답해.

…

…내가
잘못 생각했어,
녹시타.

씨잉~

쌔시

앙!

그 잘난
아르커스의
뜻에 맞춰서

파앗

!

아르커스에서
대규모 마법을
시전했다!!

아르커스 측에
저 정도의 마법사가
있었다니…

어떻게 된 거지?!

오히려 아르커스 쪽이 피해를 입고 있어!

이건…

획

유별나게 총명한 아이였다.

…에니샤.

어디까지나
히페리온이라서,

세 번째 별이라서
그런 거라고만 여겼다.

하나 설사
그 아이가 정말
대법사라 해도.

아이가
슬퍼하는 모습은
보고 싶지 않다.

결국…

이렇게
되는구나.

헬라드…!

살아 있었구나…

에니샤!

카힐...

네가 나를
받아줄 것이라고
생각했어…

하~
정말 죽는 줄
알았다니까.

퍽이나.

침대에서
움직이지도
못하는 놈이~

...
시끄러워.

내가 나으면
네 혓바닥부터
잘라버릴 거야.

내
혓바닥 자르면
누가 황태자
할 건데?

예에에에~

하아...

…대법사가
슬퍼할 테니까,
죽이진 않겠어요.

대신 앞으로
대법사한테
얼씬도 하지 마요.

…앞으로
사도적인 마법에 대해서
대비책을 세워둬야겠어.

…몸이
회복되는 대로
군제를 새로
개편해둬야…

에니샤가
너 죽은 줄
알았다더라.

살아 있다는
얘기 듣고 엄청
울었다던데…

…거의
죽을 뻔하긴
했지.

…

넌 어떻게
생각해?

…에니샤
말이야.

나?
나는…

흥~

우리가 아끼고 좋아했던 만큼, 에니샤도 히페리온을 좋아한 건 확실해.

결국 제 손으로 아르커스를 공격했을 정도로 말이야.

…그렇구나.

난 복잡하게 생각 안 하기로 했어. 그냥 마음 가는 대로 할 거야.

에니샤 말도 좀 들어보고!

가끔 헬라드의 단순함이 도움 된다니까.

…폐하께서는?

번쩍 쿵쿵~

거기도 심란하지. 장난 아냐.

덕분에 요즘 본궁 분위기가 장례식이라고~

아마 조만간 폐하가 에니샤를 부르실 것 같으니 기다려보자.

127

결국 아무도
찾아오지 않았네.

기력을 회복하는 동안
밀려 있던 소식들을
들었다.

사냥 대회에서
벌어진 초유의
사태는

아르커스가
새로운 대법사로
막내 황녀를 탐내
저지른 짓으로
알려졌다.

현 대법사가
사망하면서
새로운 대법사가
절실해지고,

이에 마법 재능을 타고난
히페리온인 막내 황녀를
납치하려 했다는 것이다.

그날 사냥 대회에
수많은 목격자들이
있었으나

정신없던 상황을
선명히 기억하는 자는
거의 전무했다.

진실과 거짓을
섞어 만든
히페리온의 발표는
그들의 기억을
쉽게 왜곡했고

소문은
황실이 원하는
방향으로
퍼져나갔다.

…물론 모두가
황실의 말을
믿지는 않겠지만
말이다.

…그리고…

로드고가
내일 자신을
만나러 오라
통보하였다.

내 침대에서
내려가고,
당장 꺼져.
가엾어라…
원래
인간은 그래.
유한하기 때문에
한없이
변덕스럽지.
어제는
그토록 열렬히
사랑을 고백해놓고,
오늘은
증오를 퍼붓는
존재야.

히페리온 황족들을
그리 기만하였는데,

용서받을 수
있을 것 같아?

...

나는 너를
있는 그대로
받아줄 유일한
사람이야.

변하지 않고
영원히 네 곁에
남아있을…

…내가 너를
위로할 수 있게
허락해줘.

나한테
도와달라고
말해봐,

에니샤…

…꺼지라
하였어.

136

…기다릴게.

쪽

…기다릴게.

우뚝

끼이이이

타박

타박

139

단 한 번도
저렇게 딱딱한
목소리로···

푹··

그리고
매정한 눈으로
황녀라 호칭한 적
없었다.

이미
결론을 내린
참이구나···

…폐하.
드릴 말씀이
있습니다.

마지막
정을 빌려 감히
청하건대…

아르커스의
마법사들을
살려주십시오.

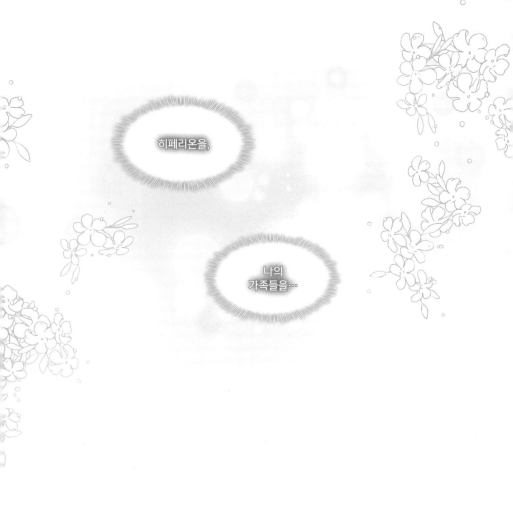

히페리온을,

나의
가족들을…

아빠,

아빠아…

…

아오,
우는 거 보니까
무슨 말을
못 하겠네…

내놔
보십시오.

그렇게 닦으면
애 얼굴
다 벗겨지지
않습니까.

다
울었어?

이제
뚝 하자.

그렁..

왜 그래,
오라버니가 뭐
실수했어?

울망~

수욱

꼬옥

…생각해 봤는데…

역시 오라버니는 에니샤 없인 못 살겠어.

뭐야, 왜 나한테는 안아달라고 안 해?

그러길래 평소에 에니샤한테 잘하지 그랬어?

나보다 잔난 오라버니가 또 없는데?

…에니샤.

...날
원망해?

…잘못했습니다.

잘못했어요,
대법사…

너무
질투 나서
그랬어요.

대법사가
우리보다 히페리온을
더 좋아하는 것
같아서…

그래서
대법사도 밉고
히페리온도
미워서…

진짜 죽이려고
한 건 아닌데…

151

먹는 건 잘 챙겨 먹었고?

...예, 죄수치곤 호화로운 대접을 받았습니다.

숙

스르르...

…황제가 저희를 찾아 왔었습니다.

설마 모진 소리라도 했나…?

그는 대법사가 아르커스에게, 그리고 우리에게 무슨 의미인지 묻고…

또 과거 대법사가 어떤 사람이었는지 물어보았습니다.

…대법사에 대해 좀 더 알고 싶다고 했습니다.

스륵..

나름의 방식으로 날 이해해보려 했구나…

꾸욱..

…대법사를
진심으로 아끼는 것
같았습니다.

…대법사.

히페리온
황족들과
대화해보고
싶습니다.

자리를 마련해
주시겠습니까?

…그래서, 좌우법사들과 회담을 한번 가져봤으면 해요.

그리하지.

정말요?

언제까지 그들을 구금해둘 수도 없는 노릇이니.

슬슬 해결을 볼 때도 되었어.

…감사 합니다….

탁

그리 딱딱하게 말하지 말라고 하였을 텐데.

배시시~

…고마워요,
아빠.

그만 자거라.
시간이 많이
늦었어.

로드고와 쌍둥이에게는
아바르티아에 관한 것만 빼놓고
다른 모든 이야기를 털어놓았다.

~~~

~~~

156

그것까지 이야기했다간
정말 스칸샤와 전쟁이
일어날 것 같아서였다.

이젠 내가
대법사라는 사실을
알고 있다.

아르커스의
대법사이기도
하고,

히페리온의
막내 황녀이기도
하잖아?

굳이 둘 중
하나만 하려 하지 말고,
우리 앞에서는
막둥이 해줘.

…있죠.
나…

옛날에
고아였어요…

아르커스가
가족이 되었을 때도
좋았고,

히페리온이
가족이 되었을 때도
너무 좋았는데…

과거에도,
그리고 지금도…

아빠는
한 명뿐이에요…

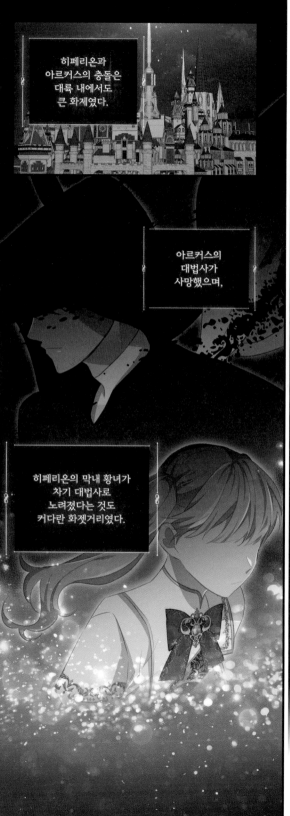

히페리온과
아르커스의 충돌은
대륙 내에서도
큰 화제였다.

아르커스의
대법사가
사망했으며,

히페리온의 막내 황녀가
차기 대법사로
노려졌다는 것도
커다란 화젯거리였다.

아르커스와
히페리온의 접전 끝에
히페리온이
승리를 거두었고,

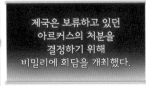

제국은 보류하고 있던
아르커스의 처분을
결정하기 위해
비밀리에 회담을 개최했다.

하, 패자 주제에 자존심 세우긴.

대법사의 마법이 아니었다면, 패자는 히페리온 이었을 겁니다.

힐끔

히페리온의 자비로움을 참으로 감사히 생각하고 있습니다.

이렇게 자비로운 나라가 어디 있을까.

포로한테 족쇄도 안 채우고 말이야.

뭐야???

빠─

~~

~~?!

씨

익

힐끔

히

익

어어,
그러고 보니

우리
두 번째 별을
지옥으로
보내버릴 뻔한
우법사도 계셨네?

…입 다물어,
헬라드.

이러다
날 새겠군.

곧 있으면
에니샤 간식 먹을
시간이니
서두르도록 하지.

하하…

그래서,
아르커스가
원하는 바는?

대법사의
귀환…
이지만.

어려운 상황이라는 것은 잘 알고 있습니다.

무엇보다 대법사께서 원치 않으시기도 하고.

...하여, 생각한 방안은 1년 사계절 중 여름과 겨울을

아르커스에서 보낼 수 있도록 허락해주시는 것입니다.

말 같은 소리를 해라!!!

...한 해의 절반이 넘도록 아르커스에 있어달라니...

그럼 겨울만은 어떠십니까...?

아니면 봄? 가을? 여름?

아이고...

겨울도 안돼! 겨울이 얼마나 긴데!

165

...일주일.

!!

!!

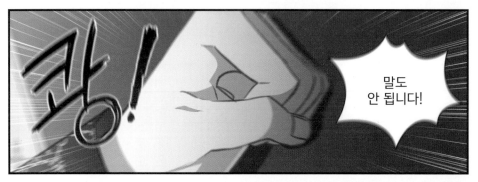

쾅!

말도
안 됩니다!

일주일은
너무 깁니다.

하루면
괜찮을 것
같습니다.
아니면
반나절 정도.

너무해요…

그쪽이 내게
저지른 짓이
너무하지.

아니 그런가,
우법사?

봐,
에니샤.

저놈이
가증스럽게
불쌍한 척하는 거
보여?

속닥

대외적으로는
아르커스의 대법사가
사망했고,

히페리온의 황녀가
차기 대법사로 노려져
이번 전쟁이 났다고
공표한 상태,

게다가 내 마력은
여전히 바닥이다.
대법사로서
활동할 수도 없어.

그런 상황에서
아르커스에 오래
머무른다면 괜한
구설수가 나올 거야.

그렇다면
역시…

!

그런 위험한 곳에 에니샤를 어찌 보냅니까?

재고하여 주십시오.

그래, 너 말 잘했다.

들어보니 에니샤의 마력을 봉인한 범인도 찾아내지 못했다던데.

3주도 아주 긴 시간이다. 에니샤.

...

그때와 지금은 달라요, 오라버니.

169

이제는 경계심을 가질 터이고,

좌우법사들이 도와줄 것이니 괜찮아요.

이브로테 기사단도 데려갈게요.

대신 아르키우스는 히페리온에 마법 물품을 수출하고,

제국의 마법사들과 지속적으로 마법 교류를 하도록 해.

...알겠습니다.

그렇게 할게요...

그리고... 한 가지 더.

에니샤의
열 번째 생일이
지난 이후에
보내도록 하겠다.

쓰담

쓰담

...이 정도는
받아줬으면
좋겠군.

아직
어린 황녀를
함부로 타국에
내보낼 수 없는
노릇이고,

보는
눈들도 있어
그러는 것이니.

아빠
말대로
할게요.

2년 후

살랑살랑한
봄바람과 함께,
나는 열 살이 되었다.

나름 의미 있는
숫자인지라 원래는 황족들이
작정하고 미친 규모의 연회를
계획했지만…

결국
내 구슬림에 넘어가
계획을 바꾸었다.

제일 먼저
말해주고 싶어서
눈뜨기만
기다렸어.

맞아,
너 자는 것도
귀엽더라.

선물이
두 개인데,
나랑 로시엘이
같이 준비한
거야!

수욱

마음에
들었으면 좋겠어,
에니샤.

짜자

안

열 살 생일은
가족들끼리 오붓하게 모여
소박하게 점심 식사만
같이 하기로.

이제
열 살이 되었으니
아르커스에
가잖아.

생각해봤는데
호신용품이 좀
필요할 것
같더라고.

아무래도
이제 나이도
있고 하니,

현물이
최고일 것
같아서…

황녀님의
탄신일을
축하드립니다!

...

그래!
소박하네!

이거 봐봐,
뭐 한 것도
없다니까?

에휴…

그렇게
'소박한' 열 살 생일이
지나고.

드디어…

아르커스로 가는
당일.

앞으로
3주…

태어나서 처음
이렇게 오랫동안
못 보는 거네.

아, 그렇지.

오늘
우법사도
오겠다?

이야,
완벽한
참패였지.

얻어맞고
너덜너덜
해져선…

짜재

리ㅅ

으아,
대법사님!
살려주세요!

아이,
나 마력두
없다니까요…

잊은 건
없고?

황녀궁에서
전부 꼼꼼하게
챙겨줬어요!

그럼…
다녀올게요.

…보고 싶었습니다.
정말 많이…

나도
보고 싶었어요…

황녀님께
예를 지켜
주십시오.

…그런데
뭘 이렇게 한가득
들고 오셨습니까?

폐하께서
제게 직접 명령
하셨습니다.

필요 이상으로
접촉할 시 손가락을
자르라고.

아.

189

나오지 말라
하였건만…

대, 대법사…?

이게 우리 대법사 라고요?

말도 안 돼!

이건, 이건 너무…

소란스럽다!! 그만들 떨어져!

…순한 애들이야.

… 아마도.

조금 변태같이 보이긴 하지만…

애들이 좀… 단순해.

마법밖에 모르는 외골수들이라.

그리고 외골수인 아르커스 왕국민들이

마법 다음으로 열심히 파고들었던 대상이 대법사였죠.

…그런 말 하지 마, 벨루안.

뭐 어떻습니까? 이제 아르커스에 도착하면 더한 꼴도 볼 터인데.

그렇긴 하지만…

…이야기해 주십시오. 듣고 싶습니다.

들고 싶으면 공손히 부탁하는 게 도리이지 않습니까?

당당!

부탁드립니다.

움 찔

대법사는 또 어디서 저런 놈을 주워와선…

주워오다니, 무슨 소리야.

옛날부터 그러지 않았습니까!

아,

…혹시 무릎도 꿇어야 합니까?

그건 황녀님께 허락을 얻어야…

아니, 됐습니다!!

중얼

중얼

반짝

반짝

ㄲ오 오오

히익!

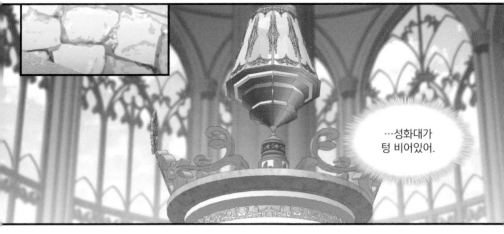

…성화대가
텅 비어있어.

내가 아르커스에
없는 동안
내내 이 상태였겠지.

음… 다들 오랜만이고…

앗, 울지 마!

흐앙~

으앵~

대법사니임~

훌쩍~

아이고… 일단 선물부터 줘야겠다.

자자,
울지 말고!

제국에서
선물 가져왔어.

사아아

울컹

울컹

호옷..

...늦어서 미안해.

다들 알겠지만, 내가 이렇게 되어버려서...

대법사님, 지금 너무너무 귀엽습니다!!!

대···

대법사님 말씀하시는데 어딜.

...?!

...크흠.

대법사니임...

앞으로
1년에 한 번씩은
아르커스에
올 테니까,

그때마다
시간 많이
보내도록 하자.

이상,
끝!

번쩍-

난 축제
여는 줄 알고
실험도 전부
멈춰놨는데.

나도
오늘 해야 할
수식 계산 어제
다 끝내놨어.

웅성

웅성

축제!
축제!!

축제는
없습니까?

...

…저거
제일 중요한 거만
모아놓은 건데…

서류 담당이
우법사예요?

머쓱…

…네…

뻐안~

슬금~

슬금~

벨루안은
외교 담당이고,
저는 행정
담당이에요…

그런데…
어제부터
테네리페가
보이질 않네.

…힉?!

대륙
마법협회에서
연락이 와
보냈습니다.

아시다시피
저 말고는
테네리페가
그나마…

그나마
사회성이 뛰어나긴
하지…

빙굴

빙굴

예…

협회에서도
실증만 있지
물증은 없다고
합니다.

테무르가
만든 것은
워낙 구분하기
어려우니까요.

하지만 정황상
거의 확실하다
합니다.

협회에서
그리 말했을 정도면
9할 이상의
확률이라
보아야겠군.

후…

확인을
해봐야겠네.

그렇습니다.
직접 오실
것이지요?

물론.

좌우법사와
바로 갈 테니까,
너는 그만 귀환
하도록 해.

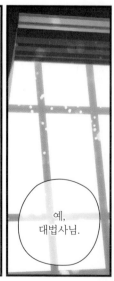

예,
대법사님.

저벅

…황녀님,
무슨
일입니까?

대륙에
내려가봐야
할 것 같아.

옛?
아르커스에만
계시기로
했잖습니까!

하지만
불가피한
상황인걸.

어차피
이런 모습으로는
조금 불편할 것
같으니까…

레시나.

너한테
걸어놓은 마법을
내게도 걸어줄 수
있어?

나는 나이를
늘려줬으면
좋겠는데.

흠칫

어어, 저도 다른 사람한테 걸어준 적이 없는 마법인지라…

폐, 폐하께서 아시면…

가능할 것 같긴 하지만…?

안 들키면 되지.

?

카힐?

어디 아파?

…

아무것도 아닙니다.

으음.
한 열일곱?
열여덟?
이 정도로
할게요.

너무 많이
올려버리면 몸에
무리일 테니…

눈동자 색깔을
바꾸는 마법도 같이
전개하겠습니다.

…다
됐습니다.

이제
이 위에
서십시오.

지속 시간이
어느 정도야?

하루 정도로
잡았습니다.

황녀님께선
무리하시지
않는 편이
좋을 것
같아서요.

확실히...
봉인이 잘못될 수
있으니

너무 긴 시간 동안
변형하는 건
좋지 않을 거야.

자아,
갑니다!

깜빡

뭐야?
다들 왜 그래?

머

엉…

…???

설마 레시나가
실수했나…?

눈이라도
하나 더
달린 건가…?

만지작‥

그런 것치곤
시야는
멀쩡한데.

위험하죠? 완전 위험 하다니까요!

그냥 너희들이 과보호하는 거야.

아버지나 오라버니들도 다 이 정도 하잖아.

아닛, 황녀님!! 생각해보십시오.

스산~

그쪽, 거기, 아니 그분들은!

딱 보자마자 사람 오금 저리게 하는 기운이 있잖습니까.

솔직히 외모 보고 감탄하기엔 너무 무서운데,

시큰둥~

황녀님은 그런 게 없단 말입니다.

…다른 모습으로 바꿀 순 없습니까?

할 순 있겠지만…

저 마법을 해제하는 데 아마 한참 걸릴 겁니다.

황녀님께서 피로를 느끼실 수도 있고요.

폐하께서 저 모습을 보셨어야 했는데…

우리 연구 예산이 몇 곱절은 늘어났겠지…

휴우..

…급하게 움직여야 하는 것인지라, 일단 이렇게 가야 할 것 같습니다.

얼굴은 가리는 게 좋겠습니다.

대법사 누가 훔쳐 가면 어떡하지…

그럴 일은 없을 겁니다.

단호!

230

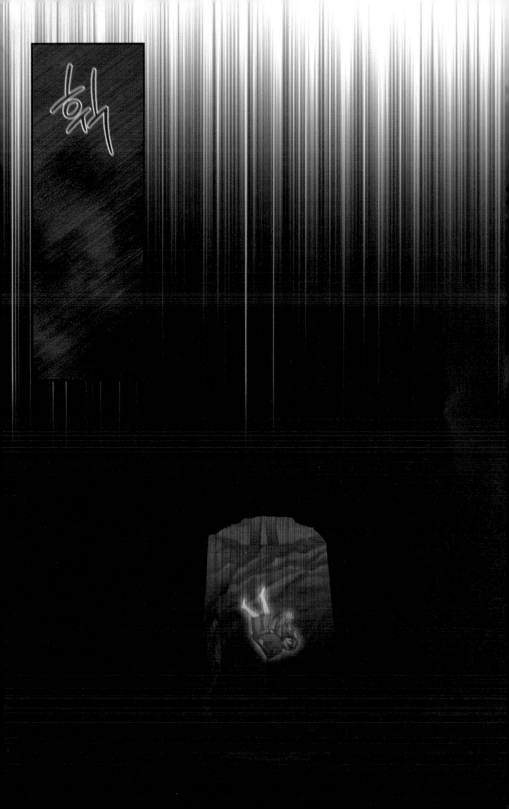

추위…
피 냄새…

테무르 일족 따위
되고 싶지 않아…

그럴 바에…

…!

너, 데무르
일족이야?

끄덕

그럼
왜 이러고
있어?

내 힘을
쓰고 싶지
않아요…

…

슥

그럼…
나랑 같이
갈래?

!

나,
날 버리지
마요…

여기서 데리고
나가줘요…

뭐든,
뭐든지 할 테니까,
제발…

241

타도 아르커스를 외치며 만든 협회지만,

재밌게도 마법협회라는 특성상

아르커스와 가장 교류를 많이 하는 곳이기도 했다.

과거 대륙을 떠돌 때, 나도 잠시 협회에 소속되었던 시절이 있었다.

그러다 아르커스의 문을 열고 천공섬으로 가버린 탓에

한동안 날 되찾아가려고 난리가 났지만…

그 후에
대법사가 됐다는
이야기를 듣고 협회 측에서
먼저 포기했고,

이후 대법사로서
종종 협회와
교류를 이어왔다.

이게 있어야 협회에 드나들 수 있어.

하나씩 가지고 있는 게 좋을 거야.

숙

레시나 너도.

···저기···

협회장만 만나는 것이 맞지요?

우물

쭈뭇

그 밑에 다른 사람 없이···?

···?

응. 그런데?

앗

저는 안 주셔도 됩니다.

이미 있습니다.

짜잔

레시나라면 하나쯤 있어도 이상하진 않네.

저벅

저벅

저벅

저벅

두리번

짝

케익

저벅

저벅

…어라?

내가
알고 있는 협회장은
할아버지였는데…

레시나랑 좀 닮은 것 같기도 하고…

…

언니?

제나?

…정말 자매였어?

너 협회장 됐어?

그 늙은이는 어디로 가고!

죽여 버렸지.

마력도 뭐만 한 놈이 자꾸 나대서…

읍!

사, 사랑하는 동생아…

우리 바르고 고운 말을 사용하는 게 어떨까…?

251

아으,
왜 이래!

그새
노망났어?

그리고
왜 아르커스
마법사들이랑 같이
다니는데!

으아아아...!

하하하하!!
그, 그게 아니라
제 친자매입니다!

물론
제가 언니고...
별로 안 친해요

지금
더 급한 일이
있습니다,
레시나.

머쓱...

...그렇죠,
좌법사.

우리
가족관계가
당신한테 뭐
중요하겠어요.

업무가
우선이지.

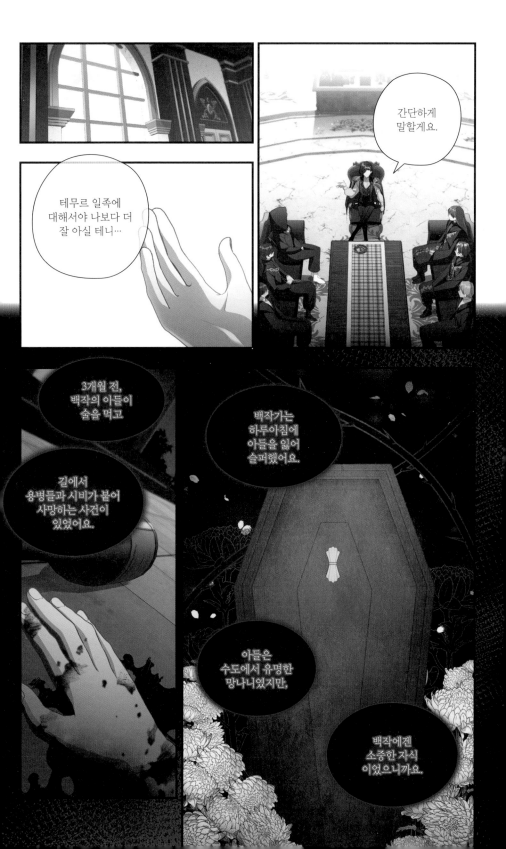

간단하게
말할게요.

테무르 일족에
대해서야 나보다 더
잘 아실 테니…

3개월 전,
백작의 아들이
술을 먹고

백작가는
하루아침에
아들을 잃어
슬퍼했어요.

길에서
용병들과 시비가 붙어
사망하는 사건이
있었어요.

아들은
수도에서 유명한
망나니였지만,

백작에겐
소중한 자식
이었으니까요.

그러던
어느 날,

백작이
사실은 아들이
살아 있다는 헛소리를
하기 시작했어요.

시체를 확인했던
협회 소속 마법사의
말로는 확실히
사망했다는데…

지금 살아서
돌아다니는 놈을
봤더니

또 진짜
인간 같더라는
거예요.

그리곤 얼마 뒤,
멀쩡한 모습으로

백작과 함께
돌아다니는 모습이
목격되었다고
하더군요.

자아 분명하고,
스스로 생각하고
움직이고.

…제대로
찾아왔어.

이번에야말로
완전히 마무리
지어야 할 때야.

…오늘 밤
가면무도회가
열리는데,

으쓱

그 아들이
참석한대요.

초대장은
구해줄 수
있고…

끄덕

이 정도면
충분하죠?

언니는
대법사도 죽었는데
왜 뜬금없이
아르커스에
붙어 있어?

아니, 내가 옛날에 신세 진 것도 있고 하니까…

보은 이랄까…

보은?

…어쨌든…

이제 대법사도 죽었으니,

아르커스는 끈 떨어진 신세인데 정성 쏟지 마.

…

…

앞으로 협회는 더욱 발전할 거예요.

갈 곳 없으면 협회로 와도 괜찮아요.

실력만큼 대우는 잘 해줄 거니까.

…거참, 여전히 뻣뻣하시네.

야, 제나, 왜 그래…

지끈

다리 하나
없어져서 XX 된
삼족오 주제에.

…레시나.

예, 옛…?

동생을
얼마나 사랑해?

뭐야,
이 새파랗게
어린 X은?

대화에 낄 거면
후드 정돈 벗고
얘기하라고.

!

대법사…?

그래,
제나.

대…

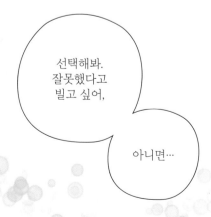

선택해봐.
잘못했다고
빌고 싶어,

아니면…

…바르고
고운 말을
사용하겠
습니다…

더 크게.

바르고!

고운 말을!

사용
하겠습니다!!

좋아,
계속 반복.

바르고
고운 말을…

낄낄

그러게
언니가 말릴 때
들었어야지.

짜릿—

내가
살다 살다
대법사 앞에서
아르커스 욕하는
마법사는
처음 봤다.

…저기…
대법사님.

힐끔.

…그, 어쩌다 이렇게…?

알 거 없고.

어디 가서 말하면, 알지?

헉, 당연하죠!

저 입 정말 무거워요!

…

예전에도 아름다우셨지만, 지금은 진짜 엄청나네요…

칭찬 고마워.

그런 의미로 드레스랑 정장 좀 내놔봐.

할 수 있지?

다, 당장 구해오겠습니다!!

기다려 주세요!!

…무도회는 나와 좌우법사, 카힐 이렇게 넷이서 갈게.

레시나랑 델 하르인은 협회에서 볼일 봐.

일 다 끝나면 우리도 협회로 돌아올 테니까, 같이 귀환하자.

옙!!

그런데 황녀님…

테무르 일족은 어찌하여 추적하시는 것입니까?

미안…

내가 말할 수 있는 이야기가 아니야.

저도 궁금 했습니다.

이미 다 멸족해서 힘도 없는데…

265

벨루안,
녹시타.

기억하지?
백작의 아들을
찾으면 섣부르게
대응하지
말고,

우선 내게
알리도록 해.

예,
알겠습니다.

하지만…

꼭 저놈이랑
다니고
싶으십니까?

째릿~

우르르 몰려다닐 수는 없고…

너나 녹시타랑 붙여놓을 수도 없잖아?

그렇게 붙여놓으면 퍽이나 사이좋게 다니겠다.

뚱

삐끗☆

확

…높은 구두가 영 불편하네.

…웃으시면
큰일 납니다.

무엇을
말입니까?

질문하는 걸
못 들어봐서.

테무르 일족
이라든가…

…넌
궁금하지
않아?

…궁금해야
합니까?

…응?

…?

이거…

…전에 주셨던 머리핀의 보석에 다른 보석을 더해 새로 제작한 겁니다.

제가 실수로 망가트려서… 죄송합니다.

…

…제가 해드려도 괜찮습니까?

팔라고 준 거니까 너무 신경 쓰지 마.

엄청 소중히 갖고 있었구나. 복구까지 하다니…

너 가끔
불손한 거
알아?

그렇습니까?

주의
하겠습니다.

흠..

...일해야지.
가자.

아까
약속한 대로
연기해야 해.

예.

...저쪽으로
공략해볼까.

...당신
이로군요..

…왜 이렇게 잘해?

힐끔

하긴, 내가 당신의 후견인이었다 해도

절대 얼굴을 보이지 못하도록 했을 거예요.

과한 칭찬이에요.

…나 목말라요.

끄덕

저벅

저벅

저벅

휴우..

후견인이
별로인가
봐요?

조금요.
집착이 너무
심해서…

모리아칸까지
왔으니
새로운 사람도
만나보고
싶은데,

어쩐지
마음에
차는 분이
없네요.

…안쪽?

…무도회장의
'안쪽'은 선택받은
사람만 들어가는
곳이에요.

우리 같은 사람들은
귀하신 분의 짝이 되면
들어갈 수 있지요.

뭐어,

당신을
만족시킬 만한
분들은

안쪽에
있겠지요.

284

쉽지
않을걸요?

당신이라면
가능할 것 같기도
하지만…

저벅

저벅

이런,
질투심 강한
후견인께서
돌아오셨네요.
그럼 전 이만.

스윽

부디 재미있는
이야깃거릴
만들어주기 바라요.
요즘 사교계는
너무 조용해서…

건투를 빌어요.

또각..

또각

또각..

찰강..

…고마워,
카힐.

홀짝

…사과주스?

술은
안 됩니다.

그래, 뭐…
사과주스도
나쁘지 않아.

무슨 이야기를
하셨는지
물어봐도 됩니까?

유흥과 여색을 멀리하고
학문에 힘을 쓰는
모두가 인정하는 모범생.

모리아칸 왕국의
왕태자 마르시언.

그야말로
이상적인 왕태자이다.

하지만 한편으론
나이가 차도록 여자 한 번
제대로 만난 적 없는
그를 두고,

사람들은 혹
성 불구자가 아니냐며
조롱거리로 삼기도 했다.

그리하여
별로 원하지 않는데
억지로 참여한 연회가
바로 이것.

…가면
무도회라니…

!

안쪽으로 들어오시면
더욱 즐거우실 겁니다.

여기가 이 정도면
'안쪽'은 더하겠지.
안 들어가길 잘했어.

화～끈

적당히
시간 때우다가
들어가야…

또각

…!

현둥
지둥

저…
실례가
아니라면…

잠시
대화를 나눌 수
있을까요?

…예,

옛…?

…

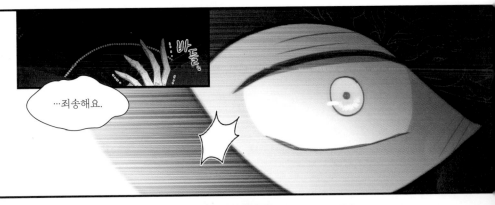

바들

…죄송해요.

혹시…
무슨 일이 있으신
겁니까?

…절
도와주실 수
있나요?

!

무슨 짓입니까!
무례합니다.

아, 아무튼...
이분은 제가
먼저 찾았으니
다른 파트너를
찾아보시죠!

탁

탁

탁

...

하아

· · ·

모리아칸의
왕태자?

응.

왕태자에 대한
보고서.

공식적인
방문은 아니고,
가볍게 놀러 나온
모양인데?

…얘 좀 명청했지, 아마?

세수 바로잡는다고 들쑤시다 귀족들하고 크게 척졌다고 들었던 것 같아.

머릿속이 꽃밭이긴 하네.

음… 몰래 놀러 온 거면 굳이 아는 척할 건 없을 테고…

얌전히 있다가 갔으면 싶네.

괜히 나쁜 머리로 사고나 치지 말고.

그러게.

…근데 모리아칸 왕국이면…

헤르노어 아카데미가 있는 곳이지?

에니샤도 아카데미에 가려나?

갔으면 좋겠어?

…그냥 말이 그렇다는 거지.

아,
아닙니다.

혹 저 남자에게
보복당할까
걱정하지
않으셔도 됩니다.

어느 가문의
누구인지만
알려주시면 제가
해결하겠습니다.

…제 입으로
말하기가 조금
부끄러우나…

저런
불한당 하나 정도는
충분히 해결할 힘을
가지고 있습니다.

재물도,
권력도
충분하니
심려하지
마십시오.

…

사실…
전 외국에서 온
코르티잔이에요.

모리아칸에
온 지는 얼마 되지
않았어요.

그렇습니까…?

그렇다면
내가 후견인이
되어도…

이런,
무슨 생각을…!

토리

토리

…사실
가면무도회에서
뵙고 싶은 분이
있어 찾아왔는데,

아직 그분은
만나지도
못했어요.

그렇습니까?
아직 오지 않으신
것은…

아니에요.

'안쪽'에
계신다고
하더라고요.

…!

물론
입니다.

저와 함께
안쪽에
다녀옵시다.

그런데…
안쪽에 드나들려면
어떤 증표가
필요한가요?

전부 가면으로
얼굴을 가리고 있는데,
어찌 분간하고 출입을
허가하는지…

아,
그건…

뒤적

이것을 내면
안쪽으로
들어갈 수
있습니다.

저는
아직 써보지
않았지만요.

반짝..

슥

슥

반짝

쓰익..

빙글

…미안해요.

예?

…

…

ㅅ/ㄱ..

후라..

…그럼,
안녕.

이 정도 금화면
도움이 되어준
보상으로
충분하겠지?

…아마
그게 문제가
아닐 겁니다.

가끔 악당 같으십니다.

후우...

너야말로 너무 심하게 군 거 아냐?

거의 울려고 하던데.

저니까 그 정도만 한 것입니다.

깜빡

너 오늘 조금 이상하다.

...
에니샤 님이 그런 모습을 하고 계셔서 그렇습니다.

그런 모습?

305

뭐?

위험한 얼굴?

…너무 가깝습니다.

슥...

이제 어찌하실 겁니까?

안쪽에 가봐야지.

우리 둘만 갈 거야.

사실 벨루안에게는 따로 언질을 주었는데…

녹시타 없이 해결하고 싶어.

녹시타는 테무르 일족에게 수년간 학대를 당했어.

…찾았다.

죽었다가
되살아났다는
백작의 아들.

또각

또각

테무르가
시체에 심어두었던
힘을 다시
걷어갔어.

바로
직전에.

…눈치챈 것
같아.

그래도
흔적이 남았으니
추적해 보자.

아직
멀리 못 갔을
거야.

사
아
아
;

막내 황녀님 6

초판 1쇄 인쇄 2023년 12월 20일
초판 1쇄 발행 2023년 12월 26일

지은이 악어스튜디오 × 돌대
원작 사하
펴낸이 김문식 최민석
총괄 임승규
기획편집 박소호 김재원 이혜미
　　　　　조연수 김지은 정혜인
　　　　　명지은 신지은 박지원
편집디자인 현승희
본문디자인 배현정
표지디자인 손현주

펴낸곳 (주)해피북스투유
출판등록 2016년 12월 12일 제2016-000343호
주소 서울시 성북구 종암로 63, 5층
전화 02)336-1203
팩스 02)336-1209

© 악어스튜디오 × 돌대, 2023

ISBN 979-11-7096-077-5 (04810)
　　　　979-11-6479-238-2 (세트)